MÉLODIES RELIGIEUSES

PARAPHRASÉES

DES TEXTES SACRÉS

et

MISES EN MUSIQUE EN LATIN ET EN FRANÇAIS

par

G. DUPREZ

Fondateur de l'École spéciale de Chant

Chevalier de la Légion d'honneur, — Officier d'Académie

PARIS

IMPRIMERIE CENTRALE DES CHEMINS DE FER

A. CHAIX ET Cie

Rue Bergère, 20, près du boulevard Montmartre

1875

MÉLODIES RELIGIEUSES

PARAPHRASÉES

DES TEXTES SACRÉS

et

MISES EN MUSIQUE EN LATIN ET EN FRANÇAIS

par

G. DUPREZ

Fondateur de l'École spéciale de Chant
Chevalier de la Légion d'honneur, — Officier d'Académie

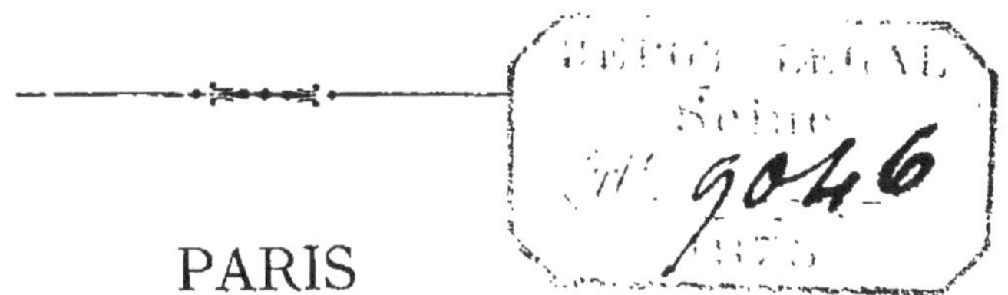

PARIS

IMPRIMERIE CENTRALE DES CHEMINS DE FER

A. CHAIX ET Cie

Rue Bergère, 20, près du boulevard Montmartre

1875

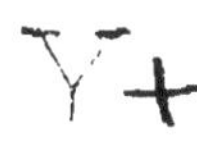

MÉLODIES RELIGIEUSES

FÊTE DU SAINT SACREMENT

O SALUTARIS HOSTIA

TEXTE LATIN

1.

O Salutaris Hostia,
Quæ Cœli pandis ostium !
Bella premunt hostilia,
Da robur, fer auxilium.

2.

Unitrinoque Domino
Sit sempiterna gloria,
Qui vitam sine termino
Nobis donet in patria.

MÉLODIES RELIGIEUSES

O SALUTARIS HOSTIA

PARAPHRASE N° 1

1.

O Symbole admirable !
Divine clef du Ciel,
Vous, présage ineffable
Du bonheur éternel...
L'ennemi dans sa haine
Sur nous veille toujours.
Puissance souveraine,
Apportez-nous secours !...

2.

O Trinité de gloire
Qui régnez sur les saints,
Vous, en qui tout doit croire,
Peuples et souverains ;
Accordez-nous la vie
Au séjour des heureux,
Pour que, l'âme ravie,
On vous contemple aux Cieux.

PROSE AU SAINT SACREMENT

AVE, VERUM CORPUS

TEXTE LATIN

Ave, verum corpus natum
De Maria virgine :
Vere passum, immolatum
In cruce pro homine :
Cujus latus perforatum
Fluxit aqua et sanguine.
Esto nobis prægustatum
Mortis in examine.
O Jesu dulcis !
O Jesu pie !
O Jesu, Fili Mariæ,
Tu nobis miserere.

MÉLODIES RELIGIEUSES

AVE, VERUM CORPUS

PARAPHRASE N° 2

Je vous salue, ô vous, Fils de Marie
O divin fruit d'un sein immaculé;
Vous nous gagniez la céleste patrie,
Et sur la croix vous fûtes immolé...
  Sang répandu de la blessure,
  Sang précieux d'essence pure,
  Sang de Jésus crucifié!...
Ah! du pécheur soyez la nourriture!
Et le pécheur sera purifié...
  Jésus! doux Fils de Marie,
  C'est notre voix qui supplie.
  Ah! de nous prenez pitié.

HYMNE AU SAINT SACREMENT

PANIS ANGELICUS

TEXTE LATIN

Panis angelicus fit panis hominum :
Dat panis cœlicus figuris terminum :
O res mirabilis! Manducat Dominum
Pauper, servus et humilis.
Te, trina Deitas unaque, poscimus,
Sic nos tu, visita, sicut te colimus :
Per tuas semitas duc nos quo tendimus,
Ad lucem quam inhabitas.

MÉLODIES RELIGIEUSES

PANIS ANGELICUS

PARAPHRASE N° 3

Du séjour azuré,
De céleste origine,
Pain à Dieu consacré,
Manne sainte et divine;
Par prodige étonnant,
L'Auteur de la nature
Te donne en aliment
A l'humble créature!...
O Dieu de vérité!...
Tu vins sur cette terre,
A notre humanité
Révéler ce mystère...
Dieu d'amour, de bonté,
Nous te suivrons, ordonne,
Transporte-nous vers la clarté
Du Ciel où ta gloire rayonne!...

HYMNE AU SAINT SACREMENT

TANTUM ERGO

TEXTE LATIN

Tantum ergo sacramentum
Veneremur cernui;
Et antiquum documentum
Novo cedat ritui;
Præstet fides supplementum
Sensuum defectui.
Genitori Genitoque
Laus et jubilatio.
Salus, honor, virtus quoque
Sit et benedictio :
Procedenti ab utroque
Compar sit laudatio.

MÉLODIES RELIGIEUSES

TANTUM ERGO

PARAPHRASE N° 4

Loi nouvelle,
Sainte et belle,
Se révèle
Et nous éblouit :
Loi divine
Qui fascine,
Illumine
Le cœur et l'esprit.
Vive flamme,
Elle enflamme,
Et soutient l'âme
Qui chancelle et faiblit.

Rends hommage
Sans partage
Au lignage
De Dieu Père et Fils
Crois, honore,
Crois, adore,
Crois, implore
Ces Dieux réunis.
O Sainte essence!
Pouvoir immense
Gloire à toi, gloire au St-Esprit,
Oui, gloire égale au St-Esprit.

HYMNE AU SAINT SACREMENT

PANGE, LINGUA

TEXTE LATIN

Pange, lingua, gloriosi
Corporis mysterium,
Sanguinisque pretiosi,
Quem in mundi pretium,
Fructus ventri generosi,
Rex effudit gentium.
Nobis datus, nobis natus
Ex intacta virgin ,
Et in mundo conversatus,
Sparso verbi semine,
Sui moras incolatus
Miro clausit ordine.

MÉLODIES RELIGIEUSES

PANGE, LINGUA

PARAPHRASE N° 5

Répandez, ô ma voix !
De Jésus glorieux le mystère ineffable,
De Jésus adorable
Qui, pour nous tous, s'est laissé mettre en croix
Son sang dont l'origine
Est d'essence divine,
Ce Roi clément et doux,
Roi généreux, l'a répandu pour nous.
D'une Vierge chaste et pure,
Jésus parmi nous est né,
Sous sa divine figure,
Le Verbe nous est donné.
Il répand sa sainte parole,
Source de grâces qui console ;
Puis, vers l'Éternel il s'envole,
Après nous avoir pardonné.

SALUT
POUR LA NATIVITÉ DE NOTRE-SEIGNEUR

ADESTE, FIDELES

TEXTE LATIN

Adeste, fideles, læti, triumphantes
Venite, venite in Betlhehem.

Natum videte Regem angelorum
Venite, adoremus Dominum...

En, grege relicto, humiles ad cunas
Vocati pastores approperant :
Et nos ovanti gradu festinemus.

Venite, adoremus Dominum

Æterni Parentis splendorem æternum,
Velatum sub carne videbimus :

MÉLODIES RELIGIEUSES

ADESTE, FIDELES

PARAPHRASE N° 6

Croyants du monde, venez, accourons tous,
Que la joie nous transporte
De Betlhehem la porte
Va donc s'ouvrir à nous?
Là, nous verrons un Dieu, naissant et dans ses langes !
« Devant ce Dieu, ce Roi des Anges,
» Adorons et prosternons nous. »

Car, pour contempler le berceau
De l'Enfant-Dieu qui vient de naître,
L'humble berger pour le connaître,
Un instant quitte son troupeau.
« Devant ce Dieu, ce Roi des Anges,
» Adorons et prosternons-nous. »

D'essence immortelle,
De gloire éternelle,

Deum infantem pannis involutum.
Venite, adoremus Dominum.

Pro nobis egenum et feno cubantem
Piis foveamus amplexibus.
Sic nos amantem quis non redamaret?

Adeste, fideles, læti, triumphantes :
Venite, venite in Betlhehem.

Lumière nouvelle
Éblouit nos yeux.
O miracle énorme,
Un Dieu se transforme,
Revet notre forme,
Et descend des Cieux?...
« Devant ce Dieu, ce Roi des Anges,
» Adorons et prosternons-nous. »

Embrassons donc cet Homme-Dieu
Revêtant l'humaine faiblesse,
Et répondons à sa tendresse,
Par l'hommage de notre vœu.

Croyants du monde, venez, accourons tous!
Que la joie nous transporte,
De Betlhehem la porte
Vient de s'ouvrir à nous!

MÉLODIES RELIGIEUSES

A LA VIERGE

ET POUR LE MOIS DE MARIE

MÉLODIES RELIGIEUSES

SALVE, REGINA

ANTIENNE A LA SAINTE VIERGE

TEXTE LATIN

Salve, regina, Mater misericordiæ;
Vita, dulcedo et spes nostra, salve.
Ad te clamamus, exules filii Hevæ;
Ad te suspiramus, gementes et flentes
In hac lacrymarum valle. Eia ergo,
Advocata nostra, illos tuos misericordes
Oculos ad nos converte. Et Jesum,
Benedictum fructum ventris tui,
Nobis post hoc exilium ostende,
O clemens! o pia! o dulcis Virgo Maria!...

MÉLODIES RELIGIEUSES

SALVE, REGINA

ANTIENNE A LA SAINTE VIERGE

PARAPHRASE N° 1

Salut, ô Reine radieuse!
Mère miséricordieuse!
Vous qui régnez au céleste séjour,
Salut à vous, notre espoir, notre amour
Vers vous s'élève
Le cri du cœur des faibles enfants d'Ève,
Ils gémissent, hélas!
Et vous tendent leurs bras;
Sans vous ils sont sans armes,
Dans la cité des larmes...
Vous qui planez au royaume des Cieux,
Auprès de vous appelez-nous, Marie,
Nous aspirons à la sainte Patrie,
Où brillent vos regards miséricordieux!...
Les appelés à l'éternelle vie,
Ayant quitté le terrestre séjour,
Aux Cieux, Jésus et sa mère Marie
Adoreront d'un éternel amour!...

INVIOLATA ES, MARIA

PROSE A LA SAINTE VIERGE

TEXTE LATIN

Inviolata, integra et casta es, Maria,
Quæ es effecta fulgida Cœli porta.
O Mater alma Christi charissima,
Suscipe pia laudum præconia.
Nostra ut pura sint pectora et corpora,
Te nunc flagitant devota corda et ora.
Tua per precata dulcisona,
Nobis concedas veniam per sæcula ;
O benigna ! o benigna ! o benigna
Quæ sola inviolata permansisti.

MÉLODIES RELIGIEUSES

INVIOLATA ES, MARIA

PROSE A LA SAINTE VIERGE

PARAPHRASE N° 2

O Vierge pure!
Sainte figure!
Aux pieds de l'Éternel;
De votre place,
Que votre grâce
A nous vienne du Ciel.
Vous, gloire du saint lieu,
Vous, mère bien heureuse,
Miséricordieuse,
Accueillez notre vœu,
Et qu'il s'élève à la Mère d'un Dieu
Rendez-nous purs de cœur et d'âme,
Que brûle en nous la sainte flamme.
Notre salut, par vous réclame
De votre Fils les divines faveurs...
Et la prière
De sa sublime Mère,
Nous obtiendra l'oubli de nos erreurs.
O douce Reine
Du saint domaine!
Vous fûtes, vous, Mère d'un divin Fils,
Vierge sur terre, ainsi qu'au paradis.

MÉLODIES RELIGIEUSES

AVE MARIS STELLA

HYMNE A LA SAINTE VIERGE

TEXTE LATIN

Ave, Maris stella,
Deï mater alma,
Atque semper virgo,
Felix Cœli porta.
Sumens illud ave
Gabrielis ore,
Funda nos in pace,
Mutans Hevæ nomen.
Solve vincla reis,
Profer lumen cæcis,
Mala nostra pelle,
Bona cuncta posce.
Monstra te esse Matrem
Sumat per te preces
Qui, pro nobis natus,
Tulit esse tuus.

Virgo singularis,
Inter omnes mitis,
Nos culpis solutos
Mites fac et castos.
Vitam præsta puram
Iter para tutum;
Ut videntes Jesum,
Semper collætemur.
Sit laus Deo Patri,
Summo Christo decus,
Spiritui Sancto,
Tribus honor unus.

MÉLODIES RELIGIEUSES

AVE MARIS STELLA

HYMNE A LA SAINTE VIERGE

PARAPHRASE N° 3

Salut, ô Vierge Marie!
Vous notre phare au Ciel,
Vous, Reine douce et chérie
Du séjour éternel.
Vous, que nous annonça l'ange
Vous, la Mère d'un Dieu,
Joignez-nous à la phalange
Des heureux du saint lieu.
Pardonnez donc au coupable,
Dessillez-lui les yeux,
Que votre grâce ineffable
Sur lui descende des Cieux.
Près Jésus, vous sa Mère
Intercédez pour nous.
Il daigna venir sur terre,
Et voulut naître de vous.

O Vierge incomparable,
Symbole des vertus,
A nous soyez secourable,
Faites de nous des élus;
Que nos âmes soient pures
Et puissent au saint lieu,
Exemptes de souillures,
En paix contempler Dieu.
A Dieu grand, à Dieu le Père,
A Dieu, doux Fils de sainte Mère,
A l'Esprit qui régit la terre,
Aux Trois, unis en un seul vœu,
Hosann', Hosànn' et gloire à Dieu!

CHANT A LA VIERGE

POUR LE MOIS DE MARIE

1.

O toi dont le printemps ramène
Le règne parsemé de fleurs,
Féconde, ô douce Souveraine
La foi qui rayonne en nos cœurs.
Que sur nos fronts s'épanouisse
La chaste fleur de ton amour,
Et que dans nos âmes se glisse
Un rayon de ton divin jour.

2.

Pareille au lis de la colline,
Que la Vierge à qui tu souris,
Jamais sous le péché n'incline
Ses yeux que l'erreur a flétris.
Que vers nous l'eau d'une foi vive
Apporte la sainte ferveur.
Laisse-nous croître sur la rive,
Marie, Océan de candeur!

3.

Au sein des célestes phalanges,
Ton regard plane radieux;
Tes pieds sont sur des ailes d'anges,
Ton front brille au faîte des Cieux.
Fais que, dans ta douceur bénigne,
Ce regard plus doux que le miel,
Tombant sur le pécheur indigne,
En fasse un élu pour le Ciel.

4.

Chantez, vrais croyants de la terre
Chantez l'hymne de vérité,
Que de notre divine Mère
Le cœur en palpite enchanté;
Comme l'oiseau qui sous son aile
Abrite l'oiselet naissant,
Elle abritera le fidèle
Sous son pouvoir doux et puissant!

MÉLODIES RELIGIEUSES

FLEURS DU PRINTEMPS

POUR LE MOIS DE MARIE

DUETTINO POUR DEUX VOIX DE SOPRANO

Marie est là, sa main de rose
Ouvre les portes du printemps;
Marie est là, son pied repose
Sur des fleurs, ses nouveaux présents.

Jouissons des biens qu'on nous donne.
L'été, par sa féconde ardeur,
Ajoute au parfum de la fleur
Qui deviendra fruit en automne :
Marie est là, etc., etc., etc.

Les fleurs et les fruits disparaissent
Quand les temps ardents sont passés.
Laisse couler les jours glacés,
Attendant que les fleurs renaissent.
Marie est là, etc., etc., etc.

MELODIES RELIGIEUSES

REINE DES CIEUX

POUR LE MOIS DE MARIE

DUETTINO POUR DEUX VOIX DE SOPRANO

Reine des Cieux, qui planez aux espaces,
Près du Sauveur et des anges gardiens,
Sur vos enfants, tous fidèles chrétiens,
Répandez par pitié les trésors de vos grâces.
Que vos regards divins et lumineux,
Se reflétant sur les fils de la terre,
D'un pur amour, Marie, ô notre Mère,
Les remplissent pour vous et pour le Roi des Cieux.

FIN

MUSIQUE RELIGIEUSE

Sous la Restauration, de 1817 à 1825, pendant huit ans passés au pensionnat royal de musique religieuse, établissement fondé et dirigé par le célèbre Choron, mon maître, je fus initié par de sérieuses études aux conceptions des grands maîtres de l'art dans la musique sacrée, depuis Palestrina jusqu'à Cherubini.

Déjà, en 1822, 23 et 24, j'étais maître de chapelle au collége Henry IV, sous les aumôniers MM. les abbés de Causan et de Salinis; à ces époques, je composais et faisais exécuter des chœurs de musique religieuse à la chapelle de ce collége.

Le temps n'a point affaibli chez moi le goût de ce genre de musique, et c'est ce qui m'encourage aujourd'hui à publier, sous le titre de *Mélodies religieuses,* un Recueil nouveau de douze morceaux d'une exécution très-abordable, composés en partie sur les textes latins des hymnes et des antiennes sacrés. Ce travail fait, j'ai pensé que pour les établissements religieux, desquels la musique profane est bannie, une traduction française en vers, une paraphrase des textes latins pourrait avoir quelque attrait et quelque utilité! J'ai donc traduit du latin, et adapté à ma musique composée en cette langue, la plupart des morceaux contenus dans ce Recueil.

Le répertoire des chants religieux est fort restreint pour les fêtes de Noël et celles du Mois de Marie, temps pendant lesquels il est cependant permis de chanter en français. Aussi, ai-je composé, *ad hoc*, des paroles et des chants consacrés à la sainte Vierge, et traduit, pour la Nativité de Notre-Seigneur, l'*Adeste fideles*.

J'ai cherché, autant que possible, à éviter les banalités de la musique mondaine du jour, ainsi que les stérilités mélodiques de certains compositeurs, qui font de la musique moins un art qu'une science.

J'ai tenté également de me montrer clair, harmonieux, mélodique et surtout religieux.

G. DUPREZ,

Fondateur de l'École spéciale de chant,
Chevalier de la Légion d'honneur,
Officier d'Académie.

SOUSCRIPTION

La souscription au Recueil des douze morceaux de chant, texte latin et traduction française, avec accompagnement de piano ou orgue, en un cahier broché, grand format, parfaitement gravé, est de **dix francs**, à payer au reçu du livre en un bon sur la poste, en timbres-poste ou par tout autre moyen.

Paris, le novembre 1875.

ON SOUSCRIT CHEZ M. DUPREZ PÈRE
rue Condorcet, n° 40.

Imprimerie centrale des chemins de fer. — A. Chaix et Cie,
rue Bergère, 20, à Paris. — 14654-5.

www.ingramcontent.com/pod-product-compliance
Ingram Content Group UK Ltd.
Pitfield, Milton Keynes, MK11 3LW, UK
UKHW020441220726
13923UKWH00005B/2260

9 782019 251680